주름

지워진 기억

파코 로카 글 · 그림 — 성초림 옮김

아름드리미디어

파코 로카(Paco Roca)

스페인 출신으로 그래픽 노블을 통해 사회적으로 관심이 집중되는 주제에 대해 이야기하는 작가이다. 1996년 스페인 월간 잡지 〈키스 코믹스〉로 데뷔했으며, 2005년 스페인 내전을 배경으로 한 그래픽 노블을 썼다. 이후 살바도르 달리의 일생을 그린 작품을 냈고, 2007년에 발표한 《주름》에서는 그동안 그래픽 노블 분야에서는 쉽게 다루지 않았던 알츠하이머병에 대한 이야기를 썼다. 이 작품으로 2008년 바르셀로나 그래픽 노블상, 이탈리아 루카 그래픽 노블상, 일본 우수작품상을 수상했다.

성초림

한국외국어대학교에서 스페인 현대문학으로 박사 학위를 받았다. 대학에서 강의하면서 스페인어권 어린이책을 우리말로, 우리 문학을 스페인어로 옮기는 일을 하고 있다. 〈제로니모의 환상모험 시리즈〉, 《웅덩이를 건너는 가장 멋진 방법》, 《우체부 코스타스 아저씨의 이상한 편지》, 《지구를 위협하는 21세기 몬스터 대백과》 등을 우리말로 옮겼고, 김영하의 《살인자의 기억법》, 배수아의 《일요일 스키야키 식당》 등을 스페인어로 번역했다. 2015년 한국문학번역상을 수상했다.

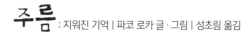 : 지워진 기억 | 파코 로카 글·그림 | 성초림 옮김

1판 1쇄 펴낸날 2022년 9월 15일
펴낸이 이충호 | **펴낸곳** 길벗어린이㈜ | **등록번호** 제 10-1227 호 | **등록일자** 1995년 11월 6일
주소 04000 서울시 마포구 월드컵북로 45 에스디타워비엔씨 2F | **대표전화** 02-6353-3700
팩스 02-6353-3702 | **홈페이지** www.gilbutkid.co.kr | **편집** 송지현 김민희 임하나 황설경 김지원
디자인 여디자인 김연수 송윤정 | **마케팅** 호종민 신윤아 김서연 이가윤 이승윤 강경선 | **경영지원본부** 이현성 최유리 임희영 김혜윤
ISBN 978-89-5582-670-8 03870

Arrugas
Originally published in French under the following title:
ⓒ Rides by Paco Roca, 2007
ⓒ Editions Delcourt, 2007

Korean translation ⓒ Gilbut Children Publishing Co., Ltd., 2022
This Korean edition was published by arrangement with Editons Delcourt through Sibylle Books Literary Agency, Seoul.

아름드리미디어는 길벗어린이㈜의 청소년·단행본 브랜드입니다.

일러두기

본문에 표기된 주는 편집자 주입니다.

구름은 사라지지 않는다. 비가 되어 내릴 뿐.

- 부처

무슨 말씀인지 알겠는데 도와드릴 방법이 없군요.

KB088830

선생님의 연봉이 적고 부인도
일을 안 하시니 대출은 어렵습니다.

담보가 있다면 한 번
조정을 해 보겠습니다만……

대출이라니요!

제가 지금 대출해
달라는 게
아니잖아요!

진정하십시오. 저는 여기 지점장으로
20년째 일하고 있습니다.

여긴 은행이 아니에요. 은행 일 그만두신 지 벌써 한참 되었다고요.

얼른 저녁 식사나 하세요.

이미 한밤중이에요.

갈수록 머리가 어떻게 되시는 거 같아.

여보, 아버님께 좀 맞춰 드리지 왜 그래?

더는 못 참겠어. 내가 미쳐 버릴 거 같아.

그만 가 봐!

8

2인실은 더 저렴합니다.

복용하시는 약도 관리해 드립니다.

세끼 식사 비용도 포함되고요.

댁보다 여기에 계시는 게 훨씬 나을 거예요. 저희가 잘 돌봐 드릴 겁니다.

여기에서 15년 이상 아주 잘 지내는 분들도 계세요.

아버님께 필요한 건 여기 다 있어요.

물론 언제든지 아버님을 뵈러 오실 수 있고요.

그게, 저······. 저희가 좀 바쁘거든요. 그래서······.

그렇게 자주 오지는 못할 것 같습니다.

어, 엄마랑 집에 갈래요.

저희는 그만 가 봐야 해요.
자주 뵈러 올게요, 아버지.

친구분이랑 재밌게
노시고요. 잘 지내세요.

빌어먹을 녀석!

빌어먹을 녀석!
빌어먹을 녀석!
빌어먹을 녀석!

꼭 아이 다루듯 하니
기분 나쁘죠?
안 그래요?

난
미겔입니다.

나랑 방을 같이 쓸 분이구먼.

여기는 후안. 후안은 라디오 방송국 아나운서였죠.
아마 그때 말을 너무 많이 해서
이제 하고 싶은 말이 없나 봐요.

지금은 들은 말을
따라 하기만 해요.

원장이 입원 서류를 꾸미는 모양이에요. 나더러 함께 요양원을 둘러보라던데요?

고맙소.

아, 그리고 10유로를 받아 오라고 했어요. 서류 절차에 필요하다나 뭐라나.

복잡한 거라 말해 줘도 모른다면서……

나는 은행 지점장이었소.

그래요? 뭐, 어쨌든 원장은 사무실 사람들이 하는 멍청한 짓거리를 하고 있을 테죠.

멍청한 짓거리.

10유로 맞네요. 필요한 거 있으면 말씀만 하세요. 원하는 건 다 구해 드립니다.

이리 와요, 요양원 구경시켜 드리리다.

여긴 2층으로 되어 있어요. 우리가 있는 1층은 그럭저럭 수족을 놀릴 수 있는 우리 같은 노인네들이 있고요.

그러니까 여기 있는 사람들은, 예전 같지야 않겠지만 그래도 머리가 좀 돌아가는 사람들이라오.

머리가 좀 돌아가는 사람들이라오.

여기가 텔레비전 보는 방이오.

텔레비전을 좋아하셔야 할 텐데요. 여기서는 이게 유일한 낙이니까요.

난 동물 다큐멘터리는 별로 안 좋아합니다.

그래도 맨날 채널 고정이라오.

아마 아무도 안 좋아할 걸요.

한번은 어떤 노인네가 채널을 돌리려다가 텔레비전으로 가닿기 전에 곯아떨어졌다는 우스갯소리도 있다오.

다른 곳으로 가 봅시다.

홀을 보여 드리리다.

저, 전화기가 어디 있나요?

솔 여사님, 안녕하쇼?

애들한테 전화해야 해요. 날 여기 맡기고 갔는데 난 이제 다 나았거든요. 데리러 오라고 해야겠어요.

전화기가 어디 있죠?

안내대에 있어요. 거기 가서 물어보시구려.

저, 전화를 쓰게 해 줄까요?

당연하죠. 제게 돈을 내시고 가서 전화하세요.

애들이 날 여기 두고 갔어요. 전화를 해야 해요.

전화를 걸게 해 줄까요?

절대 전화 못 걸어요, 헤헤!

안내대에 가면 왜 거기 갔는지 다 잊어버린다오. 온종일 저렇게 이리 갔다 저리 갔다 하는 거죠.

홀은 기본적으로 텔레비전 방이랑 똑같다오. 다만 텔레비전이 없다뿐이지.

이 요양원에는 깨어 있는
사람이 없군요.

그렇죠.

아, 이리로
와 보시오.

로사리오 여사님을
소개해 드리리다.

안녕하쇼,
로사리오 여사님.

댁들도 이스탄불에
가시나요?

아닙니다, 로사리오 여사님.
우리는 여기서 내립니다.

부인은 온종일 창밖을
내다보고 있어요.

이스탄불로 향하는 오리엔트
특급열차를 타고서
여행하는 줄 알죠.

잠깐만요.

로사리오 여사님,
저는 검표원입니다.

이제 도서관을
보여 드리죠.

거기도 노인들이 가득
졸고 있는 곳이오?

아니, 누가 벌써
가르쳐 줬습니까?

그럴 것 같았소.

맞아요,
볼 필요도 없어요.

저 계단은 어디로
가는 것이오?

이 계단 말씀입니까?

그게, 그러니까……. 아까 말씀드린 것처럼 이 요양원에는 두 개의 층이 있어요. 그나마 거동을 하는 우리 같은 사람이 있는 층과 도움이 필요한 사람들이 있는 층 말입니다.

도움이라…….

저 위에는 혼자서는 아무것도 못 하는 사람들이 있어요.

정신이 온전치 않거나, 알츠하이머에 걸렸거나…….

저리로 가는 일은 없어야 할 텐데요.

올라가지 않는 게 좋겠어요. 가 봐야 울적해지기만 할걸.

어디 계셨습니까?

한참 기다렸습니다.

잠깐 한눈팔다가 식당을 지나쳤지 뭐요.

두 시간이나 헤맸다고요?

아직 어리벙벙합니다. 구석구석 노인네들이 좋고 앉아 있으니 어디가 어딘지, 원…….

여기 이분은 에밀리오 씨입니다.

오늘 새로 오셨어요.

여기는 안토니아.

환영해요, 에밀리오.

여긴 돌로레스와 모데스토.

반가워요.

10월에 가는 소풍 신청들 하셨수?

카지노라니 아주 근사해요. 모데스토랑 저는 생각 중이에요. 비용에 식사도 포함이지요?

말해 뭐합니까. 설탕도 소금도 안 들어간 음식에, 커피도 포도주도 없을 텐데……

에밀리오, 이 버터 드실 건가요?

아니요, 가져가십시오.

한 숟갈만 더, 어서요.

모데스토는 왜 저렇소?

작별이 길어진 거죠.

알츠하이머입니다.

자기가 어디 있는지도 몰라요.

조만간 저 위층으로 데려갈 테죠.

자리에 앉으셔야 약 드려요.

자! 안토니아, 미겔, 돌로레스 그리고 에밀리오. 약 받으시고요.

다리 아플 때 먹는 약 좀 줘. 너무 아파.

나도 다리가 쑤셔. 그리고 모데스토는 감기에 걸렸어.

다리가 좋아져야 총각 이랑 춤을 추지, 히히.

의사 선생님께 말씀하세요. 제가 드릴 수 있는 건 이것뿐이에요. 여기 타크린*이랑 도네페질**, 모데스토 거요.

*타크린: 뇌에서 생성되는 아세틸콜린이 분해되는 것을 억제하는 약물. 알츠하이머에 사용된다.

** 도네페질: 알츠하이머형 치매에 효과를 나타내는 치료제.

겨울에 감기 걸리면
정말 큰일인데.

…….

이 많은 약은 뭣 하러 주는지 모르겠어.
못 하게 하는 것도 많고, 식단 조절은
또 왜 하는 거야.

다 오래 살라고
그러는 거잖우.

오래오래 고생하며
살라는 말씀이죠?

미겔,
또 시작이구려.

자식, 손자들 보면서 더 즐겁게
오래 살아야지 않겠수.

자, 다들 소파로 가서 저녁 먹기
전까지 낮잠이나 주무십시다.

에밀리오, 그만 일어나요. 수요일이잖아요.

수요일에는 특별히 낮잠 시간이라도 있답니까?

수요일에는 체조 시간이 있어요.

체조? 난 운동복도 없는데.

헤헤. 걱정 마쇼. 여기 요양원에서 할 수 있는 제일 격한 운동은 물 없이 알약 삼키는 거 정도니까.

내 시계 보셨소?

아니요.

어젯밤에 여기 두었어요.

글쎄요, 난 못 봤습니다.

좋아요. 이제 동작을 좀 해 볼게요.

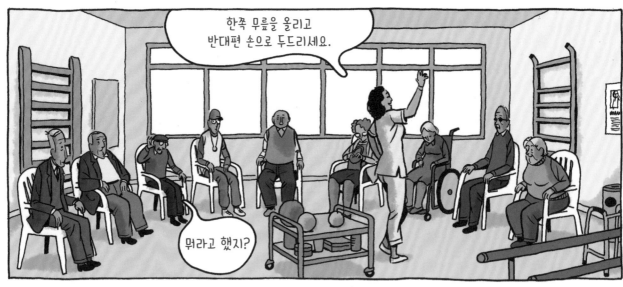

한쪽 무릎을 올리고
반대편 손으로 두드리세요.

뭐라고 했지?

한쪽 무릎을 들어 올리고, 반대편 손으로
두드리라고요. 이해되세요?

뭐라고?

아구스틴은 아흔이 넘었는데
귀가 안 들려요.

아구스틴 씨,
그러니까……

헉!

아구스틴,
점잖지 못하게!

청력은 잃었어도 촉각은
아직 멀쩡한가 봅니다.

자, 이제 공으로 운동할 거예요. 공을 오른쪽으로 전달하세요.

뭐라고? 안 들려. 가까이 와서 말해 봐.

그러니까요.

페이세르 씨가 좀 설명해 주세요.

공을 오른쪽으로⋯⋯.

다 들었어. 다 들었다고.

안토니아 할머니부터 시작할게요. 아주 빠르게 하셔야 해요.

지난주 기록을 깨는지 볼 거예요. 아셨죠, 여러분?

시작!

에스테반 씨, 여기요.

저분은 장님?

네. 일 년 전에 당 수치가 갑자기 올라가는 바람에 부인이랑 이리로 왔죠.

그런데 부인이 이층으로 올라간 뒤로 좀 이상해졌어요.

이런, 에스테반 씨. 더 집중하세요.

응? 뭐지? 난 아무것도 만지지 않았어요.

쿨쿨.

난 아무것도 쿨······.

모데스토 씨, 공을 넘겨 보세요.

28

아주 좋아요,
페이세르 씨.

자, 시간은……

아주 좋아요. 지난주보다
2분 더 빨라졌어요.

짝
짝
짝

모든 게 미스 아나 덕분이지.

짝
짝

저 노인네 정말
밉상 아닙니까.

자아, 이번에는 반대로
한 번 해 볼게요.
공을 왼편에 있는 분에게
전달하는 거예요.

에밀리오 씨부터
시작할게요.

공을 잡고 넘겨 보세요.

뭐를요?

공 말이에요.
얼른 넘기세요.

오늘은 우리가 꽤 잘했네요.
그렇죠?

기록을 2분이나 당겼다니 믿어져요?

우리가 서로 인사를 안 했네요.
난 페이세르라고 해요.

에밀리오요.

전국육상대회 동메달입니다.
1953년 일이지요.

정말 굉장했다오. 마지막 몇 미터를
남겨 두고 동메달을 따냈거든. 그때
신문 기사를 보여 드리리다.

페이세르, 그 먼지 풀풀 날리는
종잇조각 가지고 성가시게
굴지 좀 말아요.

옛날 옛적 고리타분한 얘기 듣고
앉아 있지 않으려면 싫은 소리도
할 줄 알아야죠. 새로운 이야기라고
해 봤자 호랑이 담배 피던
시절 얘기니까.

점심때까지
홀에 가 있읍시다.

앉게, 펠릭스.

펠릭스 머리엔 뭐가
들어 있을까요.

전화 얘기라면 식당에
가서 물어 보시우.

잠깐, 잠깐만요, 솔 여사님.

뭐 어떻습니까?
여사님은 돈도
많은데.

전에 말했죠? 여기에선 할 일이 없습니다.
아홉 시 아침 식사, 한 시 점심, 일곱 시 저녁 식사.
약 복용량이랑 음식 말고는 중요한 게 없어요.

여긴 거꾸로 된 세상이라고요. 매 끼니
사이에 있는 시간은 빈둥거리며
보냅니다. 낮잠을 자거나, 텔레비전을
보면서 멍하니 있는 거죠. 다음
끼니때를 기다리면서 말입니다.

저분 말씀에 신경 쓰지 마슈.
여기도 할 일은 무궁무진하게
많다오.

오후에는 빙고 게임도 하고 활발한
사람들은 토요일마다 춤도 춘다우.

솔직히 당신은 늙는 게 싫은 거잖수.

당연하지. 사회에 아무짝에도 쓸모없는 인간이 되니까.

가족들은 심부름이나 시키는 데 우릴 써먹잖아요. 손자들 학교 데려다주는 일 말요. 그것마저도 못 하게 되면 이런 데다 우리를 데려다 놓고 까맣게 잊고 살죠.

그런 소리 마슈. 우리 아이들은 날 좋아한다우.

자식들 귀찮게 하고 싶지 않아 여기 있는 것뿐이지. 짐이 되고 싶지 않아서. 그게 인생의 법칙이기도 하고.

아야!

그 보행기로 내 발을 부숴 버리셨소.

저분 자식들은 한 번도 온 적이 없습니다. 손자인가 하는 아이 하나만 간혹 들르죠.

당신을 보러 오는 사람은요?

난 결혼하지 않았고, 내가 아는 한 자식도 없습니다. 여기 와 보니, 더더욱 후회되지 않아요. 자식 있는 사람들보다 내가 더 외로운 건 절대 아니더라고요.

독신이다 보니 내 곁에 있는 가족이 늙는 걸 걱정할 필요도 없고요.

저기 저 사람들 보이시죠?

셋이 어떤 관계인 것 같습니까?

글쎄요, 뻔한 거 아닙니까?

나란히 앉은 이들은 부인과 남편일 테고, 그 둘 앞에 앉은 사람은 다니러 온 가족일 테죠.

하하하! 늙는다는 건 정말 몹쓸 농담 같아요.

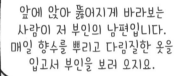

앞에 앉아 뚫어지게 바라보는 사람이 저 부인의 남편입니다. 매일 향수를 뿌리고 다림질한 옷을 입고서 부인을 보러 오지요.

그런데 부인은 남편을 알아보지 못합니다. 다정한 말 한마디 건네는 법이 없어요. 일생을 함께 살았다는데 그 기억이 하나도 남지 않은 거지.

부인은 여기 요양원에서 알게 된 저 노인을 남편이라고 생각해요. 둘이 열다섯 살 먹은 애들처럼 서로 얼싸안고 뽀뽀도 하고 그럽니다.

남편은 어쩌지도 못하고 쳐다보고만 있지요.

참 이상한 일이죠. 분별력이 다 없어져도 섹스에 대한 욕구는 사라지지 않으니 말이오.

그럼 돌로레스랑 모데스토는? 둘은 언제나 함께 있질 않소.

두 사람은 여기 온 지 몇 년 되었습니다.

모데스토는 이미 알츠하이머를 앓고 있었죠.

돌로레스는 함께 여기로 온 거고요.

60년 전 처음 만난 날부터 잠시도 헤어진 적이 없다더군요.

그건 정말 아름다운 노년의 러브 스토리 아니오?

하지만 에밀리오, 모데스토는 돌로레스를 못 알아봅니다. 옆에 있는 사람이 자기 부인이건 썩어 문드러진 양배추건 별 상관없을 겁니다.

상관이 아주 없지는 않을 것 같소만.

38

드르륵
드르륵
드르륵

해 보세요, 재밌어요.

톡톡

20이에요!

20!

얼마라고?

20이라고요, 아구스틴.

얼마가 나왔다고?

뭐라고?

"노화는 자연현상일 뿐. 어쨌거나 가족을 괴롭히고 싶진 않아."

"늙은이라고 부르지는 말아 줘. 빈 가죽 부대가 된 것 같잖아."

"그냥 노인이라고 불러 줘."

어떻수? 이번 크리스마스 공연에서 낭독할 건데 불러 줘 말아 줘, 이렇게 운율을 맞춰 봤어요. 괜찮수?

훌륭해요. 나랑 모데스토는 아주 마음에 들어요.

"고통 속에 연명하는 우린 노인, 흔들흔들 온몸을 떨며 걷는 우린 노인." 이건 어떻습니까?

미겔, 당신은 왜 그렇게 항상 밉살맞게 구는 거유?

저기 좀 보십시오. 아직 입에 음식이 남아 있는데도 잠자리에 들겠다며 줄을 서잖아요. 매일 밤 똑같습니다.

왜 저렇게 서두른답니까?

대부분 잠자리에 들려면 도움이 필요한데 인력은 충분치 않으니까요. 자리에 누우려고 저렇게 한 시간씩 기다리는 거죠.

기다리지 말고 그동안 다른 일을 하면 되잖소?

먹고 자는 일밖에 모르는 걸요.

애들에게 전화해야 해요.

전화기가 어디 있죠?

전화기! 전화기!

이 날씨에 전화기 찾으러 밖을 돌아다니게 한 사람이 도대체 누굴까요?

ㅎㅎㅎ.

가끔은 사고를 칠 필요도 있습니다. 보십쇼. 내가 세 사람을 줄지어 다니게 했다오.

맨 뒤에 우산 쓴 부인이 보이십니까?

카르멘시타 부인입니다. 절대 혼자 있지 않아요. 화성인이 자길 데려갈까 봐 무서워하거든.

자, 혼자 남기만
하면······.

총총
총총

위이이이이이이이이이이이이이이위잉

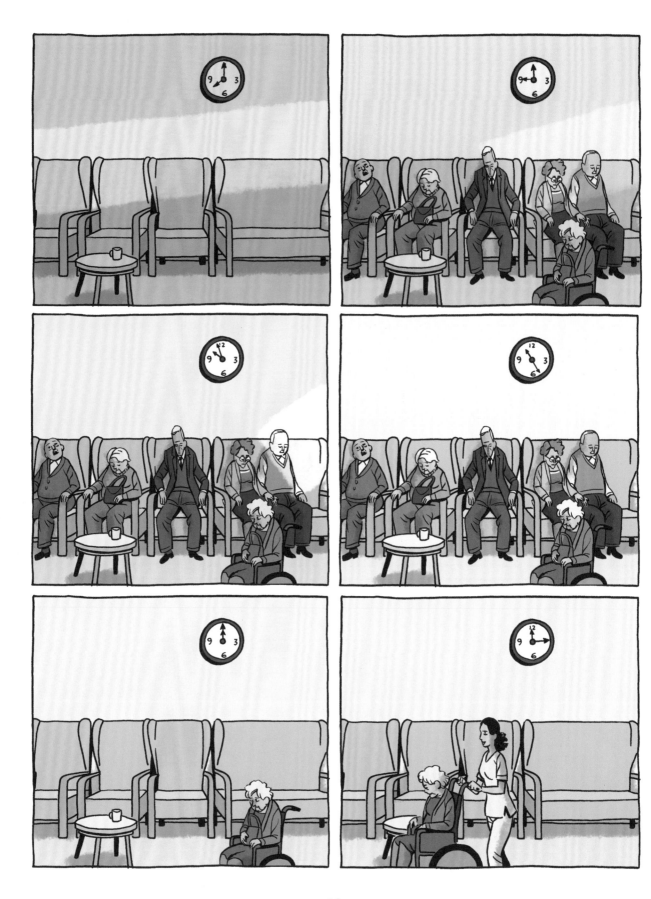

오늘 하루는
어땠습니까?

뭐 하시오?

트리 장식하잖수.

이 시기에?

그럼요. 다음 주가
크리스마스잖수. 어떻게
그걸 몰라요?

이런, 또
깜박한 게로군!

난,
이런······.

내가 은행에서 일할 땐 이런 멍청한 짓거리는 절대 안 했소.

얼굴이 왜 그래요?

거기 들고 있는 게 뭐요?

마르틴한테 줄 크리스마스 선물입니다.

애완동물은 키우지 못하는 줄 알았소.

못 키웁니다.

마르틴은 개를 방에 몰래 숨겨 뒀다가 주말에 아들 집에 다니러 갈 때 잠깐 산책을 시킵니다.

오늘 하루는 요양원이
들썩거릴 겁니다.
가족들이 방문하는 날이니까요.

오늘 자녀분들도 옵니까?

모르겠소.

오든 말든 난
아무 상관없다오.

이봐요.

왜요?

오늘 옷차림이
왜 그래요?

머 문제 있소?

보통 스웨터는 재킷
안에 입지 않나요?

어째서요?

글쎄요······.

그게 더 편하지
않겠소?

난 늘 이렇게 입었소.

알았습니다, 알았어요.

그렇지만 스웨터는 제대로 입는 게 좋겠어요. 뒤집혔어요.

내 지갑 어딨지?

돈 들어 있는 내 지갑 가져갔소?

내가요? 아니요.

근데 관절염 약 때문에 위가 아파 가지고, 이번에는 다른 약을……

펠릭스가 어찌나 코를 고는지 도저히 잘 수가 없는데 방을 바꿔 주질 않아. 밤새도록 드르렁드르렁……

기가 막힌 역전승이었거든. 신문마다 내 얘기하느라 바빴어. 여기 이것 좀 봐.

할아버지랑 다 같이 사진 찍자.

이스탄불에 있는 그 호텔에서 남편이랑 만날 거예요.

할미가 네게 줄 게 있어.

케첩이랑 올리브유랑, 지난번 카지노에 가서 집어 온 비누랑. 내가 너 주려고 다 모아 뒀어.

하, 할머니. 뭐 하러 이런 걸……

쉬잇! 얼른 숨겨. 다 뺏길라.

뽀드득   뽀드득

뽀드득

아주 싱글벙글하는군요.

자식들이 오건 말건 상관없다고 하지 않았습니까?

늙은이들은 아주 작은 것만 있어도 순응하고 살지요.

크리스마스 메뉴

연어 토스트
밤을 넣어 구운 칠면조
샐러드와 치즈
부쉬 글라세*와 초콜릿

그러고는 결혼하자마자 외진 곳으로 발령을 받아서……

정확히 27킬로미터 떨어진 곳으로 말입니다.

이미 했던 얘기라구요, 하하.

맞아요, 에밀리오. 저녁 식사 자리에서만 벌써 세 번째라우.

* 부쉬 글라세: 프랑스식 크리스마스 디저트인 부쉬 드 노엘 중 한 종류. 케이크나 빵이 아닌 아이스크림으로 되어 있다.

여기 선물 보따리 왔습니다. 미겔의 알약이랑……,

안토니아 거…….
여기 돌로레스 거랑 모데스토 거요.

그리고 에밀리오.

아, 아니다. 이게 모데스토 거고 방금 모데스토 드린 게 에밀리오 거네요.

근데 별문제 없네요.

모데스토랑 에밀리오는 약이 똑같으니까요.

네, 맞습니다. 선생님 약은 기본적으로 모데스토 씨 것과 같은 겁니다.

이런 경우 저는 사실대로 말씀드리는 게 좋다는 쪽입니다.

에밀리오 씨는 알츠하이머를 앓고 계십니다.

뭐라고요?

그, 그럴 리가 없소. 난 괜찮아요. 가끔 깜박할 때가 있지만 일흔두 살 된 노인에게는 흔한 일 아닙니까?

에밀리오 씨.

알츠하이머는 노인성 치매의 일종입니다. 치매는 정신 기능을 상실하는 겁니다. 기억력이라든가 언어라든가 분별력이라든가……. 환자의 행동과 사회생활에 영향을 주죠.

노인성이라는 말은 주로 노인층에 그런 증세가 나타나서 붙인 말입니다. 최근 일을 기억하지 못하는 게 가장 큰 특징입니다. 근데 과거의 기억은 제대로 기능합니다. 그래서 노인들이 옛날이야기만 하는 겁니다.

어쨌든 이 알츠하이머는 치매 중 가장 빈번한 유형이에요. 치매의 약 60퍼센트가 알츠하이머입니다.

최근 기억뿐만 아니라 시간이 지나면 옛 기억도 사라지기 시작할 겁니다. 더불어 방향감각, 언어, 스스로를 돌보고 혼자 뭔가를 수행하는 능력에도 영향을 받습니다.

그건 제 경우가 아니잖습니까. 전 그냥 깜박깜박하는 것뿐인데, 난 모데스토랑 달라요.

지금은 그렇죠. 하지만……

에밀리오 씨는, 지금 알츠하이머 초기입니다. 퇴행성이고 진행형인 데다가 돌이킬 수 없는 질병이기 때문에 환자에게나 가족에게나 몹시 힘든 병입니다.

시간이 어, 얼마나 남았습니까?

정확한 기간을 말씀드릴 수는 없지만 적절한 치료를 받으시면 삶의 질을 높이고 또 수명도 더 늘릴 수 있습니다.

하지만 결국 모데스토처럼 되는 거겠죠?

개인별로 차이가 있습니다.

5년? 8년?

어쩌면 그 이하일 수도 있어요. 하지만 방금 말씀드린 대로예요. 에밀리오 씨, 사람마다 다릅니다.

그, 그럼 난 이제 어떡해야 합니까?

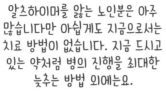
알츠하이머를 앓는 노인분은 아주 많습니다만 아쉽게도 지금으로서는 치료 방법이 없습니다. 지금 드시고 있는 약처럼 병의 진행을 최대한 늦추는 방법 외에는요.

그게 전부요?

에, 또…….
약 복용 외에 두뇌 능력을 유지하고 자존감과 감정 상태를 개선시키는 치료가 있습니다.

그러다 결국 시간이 지나면 위층으로 올라가게 되는 건가요?

그리로 올라가고 싶으신 건 아니죠?

좋습니다. 가 봅시다.

우, 우리 부모님
보셨수?

보셨어요?

날 데리러 오신댔는데……

가십시다, 가요.

아아아아이!

다 드셔야 해요.

아아아아이!
무슨 일이에요, 호세파?

아아아아이!

그만 울어요.

여긴 먹을 게
하나도 없어.

그러니 먹으라고 하지 마.
먹을 게 하나도 없잖아.
하나도 없어.

훌리아 여사님, 그거
먹을 거잖아요.

여긴 먹을 게
하나도 없어.

히히히.

그러면 안 돼, 안 돼. 그러면 안 된다고.

이봐! 이 염병할 자식아!

저 아이는 오쿠파*였는데 살고 있던 건물이 무너지는 바람에 하반신 마비가 되었답니다. 가족이 없어서 이리로 왔다는군요.

아이이이이!

그럼 안 돼, 그럼 안 된다고……

아이이이이!

여기서 나갑시다.

넌 빌어먹을 자식이야!

저기로 가서는 안 되겠소, 절대! 무슨 수를 써서라도 저리로는 가지 말아야겠소.

날 좀 도와주시겠소?

* 오쿠파: '차지하다'라는 뜻의 스페인어(ocupar)에서 나온 말. 집을 구하지 못해 빈 건물이나 공간을 점거하는 사람들, 혹은 그러한 행위를 말한다.

지적 활동이 알츠하이머 진행을 늦춘다고 하니까 매일 몇 시간씩 독서를 해 보는 겁니다.

지금까지 뭘 읽으셨습니까?

《콜레라 시대의 사랑》을 절반 읽었소.

대단하십니다. 난 샴푸 사용 설명서 하나 읽는 데도 화장실을 서너 번 들락거려야 하는데……

난 책 읽기를 늘 좋아했다오.

그 소설은 무슨 얘깁니까?

그러니까……, 그게, 기억이 잘 나지 않는군요.

걱정 마십시오. 한 단락만 큰 소리로 읽어 보시구려.

"그녀 자신은 한 걸음 한 걸음 집에서 학교로 가는 발걸음이, 그 매순간이 플로렌티노 아리사 없이는 존재하지도 않으리라는 사실을 깨닫지 못했다."

좋습니다. 무슨 얘기죠?

플로렌티노……. 플로렌티노 아리……. 플로렌티노 시에서…….

탁

쾅

응?

벌써 잠잘 시간이요?

간호사들을 잘 속여 넘겨야 합니다. 그리고 특히 의사를요.

기억력 테스트를 할 겁니다. 그렇지만 안심해요. 늘 같은 테스트거든. 내가 그 내용을 구해 놓았으니 손에 정답을 써 드리리다.

간호사 후안이오.

아무 일 없는 척합시다.

미겔, 안녕하세요? 에밀리오, 잘 지내시죠?

잘 지냅니다. 저기, 저, 그 책들 잔뜩 있는 그……

도서관에 있다가 오는 길이오. 신문 읽고 토론 좀 하느라고.

에밀리오는 기억력이 대단해요. 신문 한 면을 전부 단번에 외워 버리더라니까요.

정말요? 대단한걸요.

나, 난 그러니까, 난 그 왜, 돈을 넣는……. 거기, 거기서 일했었소.

자, 우린 이제 가 봐야 해요. 낮잠 시간에 늦겠습니다.

다음에 뵐게요.
에스테반, 뭐라고 하셨죠?

펠릭스가 밤새 코를 골아서 잠을 못 잔다고, 내가.

어디로 가시는 겁니까? 이리로 가야지요.

아, 그렇지.

알겠습니다. 어떡할지 논의해 볼게요.

왜 이리 음식을 적게 주는지 모르겠어.

그래도 오늘은 닭가슴살이 좋은데요.

도저히 자를 수가 없군.

웨이터!

나이프가 도무지 들지를 않아.

에밀리오, 무슨 일이세요?

이 칼이 말이오.

에밀리오가 내일 점심에는 샌드위치를 먹을 수 있는지 알고 싶다는군.

주방에 물어볼게요.
문제없을 거예요.

고마워요.

이런 건 왜 이리 잔뜩
테이블에 늘어놓는지 모르겠군.
뭣 때문에 이러는 거지?

우릴
속이려나?

돌로레스,
무슨 말을 했기에
모데스토가
웃는 건가요?

......

아무것도 아니에요,
사기꾼이라고 했어요.

사기꾼?

내 여자 친구가 되어 줄래?

하늘에서 구름을 따 오면.

어디로 데려가는 거야?

어디 가는지 말 안 해 줄 거야?

이리 와.

저기 온다.

옷차림은 아주 중요해요, 에밀리오.

노인의 옷차림을 보면 제정신인지 아닌지 금방 알 수 있습니다.

그렇구려. 호세파 부인처럼 말이오.

맞습니다. 아침에 일어나 그 사람이 아직 제정신인지 알려면 옷차림을 보면 됩니다. 간호사들이 그걸 귀신같이 알아냅니다.

여기 가마에 빗질만 하면 되겠군.

그럴 거 없소.

젊어서부터 지금까지 불뚝 서 있는 건 그것뿐이라오.

진료실 전구가 나가서 오늘은 여기에서 간단한 테스트를 해야 할 것 같습니다.

얼마나 빨리 답변하는지 보는 테스트예요.

어제 저녁 식사 때 뭘 드셨죠?

저녁이요?

네, 저녁 식사요. 뭘 드셨는지 말씀해 보세요.

저녁 식사라······.

저녁 식사! 저녁 식사! 저녁 식사!

저녁 식사! 저녁 식사!

후안, 제발······.

저녁 식사! 저녁 식사!

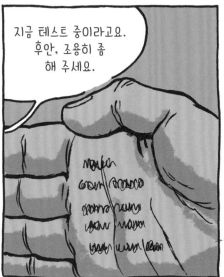

지금 테스트 중이라고요. 후안, 조용히 좀 해 주세요.

에밀리오 씨, 괜찮으세요?

저녁 식사!
저녁 식사!
저녁 식사!

엥? 뭐?
저녁 먹을
시간이라고?

아니요, 에스테반 씨.
이제 겨우 오전 열 시예요.

뭐라고?

시프라노가 미키마우스 모자를 쓰고
시나트라* 사진을 들고 나왔소.

이런, 또 그러는군요.

좋습니다, 에밀리오 씨. 테스트는
다음에 계속하죠. 오늘은 달리
방도가 없네요.

잘 넘겼소!

시프라노 씨
얘기는 뭐요?

시프라노가 모자를 쓰고
시나트라 사진을 든 채
나타났다는 건 사고를
칠 거라는 뜻이거든요.

그 두 가지가 시프라노에게는
제일 소중한 물건입니다.

그걸 들고 나타났다는
건 여기서 도망칠
생각이라는 거죠.

안녕하시오,
미겔,
에밀리오.

또 다른 개라구요?
마르틴, 제발 멍청한
짓 좀 하지 말아요.

* 시나트라: 프랭크 시나트라. 미국의 가수이자 배우이며, 대표곡 마이 웨이(My Way)는 엘비스 프레슬리를 비롯한 수많은 가수들이 리메이크하였다.

돌로레스랑 모데스토는 오늘 우리랑 저녁 안 먹나?

댄스 경연대회라도 나간 거야, 뭐야?

오늘 아침 그 들을 위층으로 올려 보냈다우.

모데스토가 더 심해져서 이제 돌로레스 혼자서는 돌볼 수가 없대요.

그래서 돌로레스도 함께 위층으로 올라갔다고요?

그건 자살행위나 다름없어요. 두 주만 거기 있다 보면 똑같이 미쳐 버릴걸. 도대체 어떻게 그런 생각을……

당신 같은 사람은 이해 못 해요. 평생 누굴 사랑해 본 적이 없으니까.

이건 정말 아니야.

뭔가 해야만 해요. 우리의 남은 일생 말입니다. 여기서 이렇게 낮잠이나 자고 빙고 게임이나 하면서 죽는 날만 기다릴 겁니까?

그것 말고 뭘 할 수 있단 말이오?

뭐든요. 세상을 바꿉시다. 그래요. 세상을 바꾸는 일처럼 심각한 일을 젊은이들 손에만 맡길 수 없죠. 걔들은 섹스며 마약이며 이미 생각할 게 너무 많다고요.

미겔, 갑자기 치매라도 걸렸나 보군요.

우린 늙었다는 거 잊지 마슈. 그래서 늙은이들이 하는 일을 하는 거고.

이렇게 늙었으니 잃을 게 하나도 없단 말입니다. 감옥에 가게 된다 한들 말입니다.

세 시간 후에 뒤뜰에서 봅시다들.

어디 가시오?

솔 여사님, 화상 전화라고 들어 보셨습니까?

73

안 돼, 여우 같은 녀석.
한 푼도 더 줄 수 없어.

그렇지만 미겔 씨, 엄청나게
큰 구멍을 만들었다고요.

자네가 처음 만들었던 그 작은
구멍으로 우리가 어떻게 나갈
수가 있겠나?

우린
노인네들이라고!

그리고 자동차는?
연료는 가득 채웠겠지?

네. 말씀하신
대로 뚜껑 열리는
차입니다.

빌어먹을……
빨간 자동차로 구해
달라고 했잖아!

단시간에 구할 수 있는 건
이것뿐이었어요.

에밀리오, 받아요.
운전하시오.

아야!

다치겠어요.

나, 나, 난 이거,
이거 주울 수가 없소.

나도 못 해요.

제가 주워
드릴게요.

나보고
운전하라고요?

벌써 몇 년
전에 운전면허를
반납했소.

우리 셋 중에 그나마
면허란 걸 가져 본 사람은
에밀리오뿐입니다.

으으음…….
못 하겠수.

기다려요.
보행기 이리 줘요.

아니, 들어갈
수가 없어요.

밀지 말아요.

옷을 그렇게
껴입었으니 그렇지.

폐렴이라도 걸리면
어쩌라고요?

이건 뭐에 쓰는 거요?

이리 주시오!

시동 걸고,
기어 1단으로 놓고 갑시다!

이제 됐어요, 에밀리오.

다시 한 번
해 봅시다.

아주 좋아요, 에밀리오.

부드럽게, 이제 고속도로
쪽으로 천천히⋯⋯.

조심해요, 에밀리오!

끼이이이이이이익!

고속도로 들어설 때
옆에 봤어요?

우리는 자유다!
하하하!

자유다!

내 보행기! 보행기를 던져 버리면 어떡해요.

나가는 길 500m

내 새로 사 드리리다.

이 돈이 다 어디서 난 게요?

내가 새로 세운 통신회사에 돈 많은 주주가 한 명 있다고 해 둡시다.

차 지붕 좀 덮을 수 있나요?

뭐라고요?

지붕 좀 덮자고요. 목이 좀 따끔거려요. 상태가 좋지 않은 거 같아요. 감기가 들 징조예요.

차 지붕을 덮자고요? 뚜껑 열리는 차를 간신히 구했는데, 뚜껑을 덮잔 말이요?

나도 좀 추운 것 같소.

믿을 수가 없군.

위이이이이이이잉

딸깍

휴게소가 보이면 잠깐 멈춥시다.
약 먹을 물이 필요해요.

약은 가져오지 않기로
했잖습니까. 더는 노화의
노예가 되지 않기로 했는데.

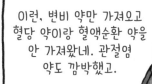

이런, 변비 약만 가져오고
혈당 약이랑 혈액순환 약을
안 가져왔네. 관절염
약도 깜박했고.

심장 약도, 위장 약도……

봤어요? 저 차가
우리한테 라이트를
깜박거리는데요.

에밀리오,
라이트 켰어요?

어디 봅시다…….

딸깍

다들 죽을 뻔한 거 아세요?

안토니아 팔 한쪽 부러진 거로
끝난 게 기적인 줄 아셔야 해요.

도대체 무슨 생각들이셨던 거예요?
에밀리오는 운전 못 해요.
알츠하이머라고요.

솔 여사님에게서
훔친 돈은…….

난 훔치지 않았소.
부인이 내게 준 거지.

80

부인을 이용하신 거죠. 맞아요, 부인이 직접하신 행동이니 우리가 법적으로 어떻게 할 수는 없어요. 하지만 부인 가족분들이 그 많은 돈이 사라진 걸 알게 되면 이야기는 달라질 겁니다.

이 요양원에서 계속 지내시려면 부인에게 돈을 돌려 드리세요.

미겔.

요양원에 서커스가 온 줄 몰랐습니다. 오늘은 이렇게 입기로 하신 겁니까?

왜요?

날 시내에 좀 데려다 주시겠소?

시내에는 멋 하러 가시게요?

출근을 해야 해서요.

날 시내에 좀 데려다 주시겠소?

에밀리오, 당신은 일 그만뒀잖아요.

아, 맞구려. 깜박했소이다.

시내에 가시게 되면 내게도 알려 주시겠소?

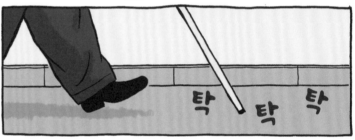

탁 탁 탁

미겔? 미겔?

탁

아야!

라몬, 왜 그래요?

나 멍키스패너 하나 구해 주시겠소?

아주 큰 나사용으로 이만큼 큰 녀석으로 구해 주시오.

라몬이 요즘 심한 우울증을 앓고 있었다는 거 다들 알고 있었죠?

게다가 부인이 며칠 전 세상을 떠났잖아요.

아끼는 사람이 하나도 없는 게 훨씬 더 낫다는 것이 증명된 거죠.

난 평생 개 한 마리도 가까이 둔 적 없다오.

날씨가 따뜻해지고 있군요.

그 재킷 입고 덥지 않아요?

재킷이라니요?

내가 써 준 꼬리표
이젠 못 읽어요?

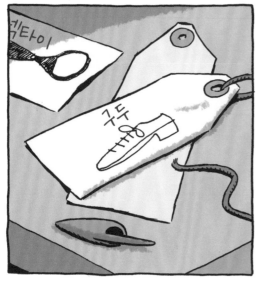

봤습니까? 꼬리표에
그림도 그렸어요. 이제 뭐가
뭔지 알 수 있을 겁니다.

왜 그래요?

내 검정 양말 훔쳐 갔소?

내가요?

내가 왜 검정 양말이 필요합니까?

땅 주인으로서야 요양원을 하건
육가공 공장을 하건 매한가지 아니겠습니까?
어차피 시골 땅이 더 싸니까요.

난 시골에 사는 게 더 좋아요.
왜냐하면······.

아니 누가······.

대체 누가 이런 짓을 해?
이런 망나니 같은 짓을?

누가 내 보물단지 추억 가방을
엉망진창으로 만든 거요?

흥!

아니!

당신이?

하하하!

사자는 군집 생활을 하는
다른 동물들과 마찬가지로⋯⋯.

동료들과 연대하며 살아가야 하는
유전자를 가지고 있으므로⋯⋯.

같은 종의 다른
동물들과⋯⋯.

전화기가 어디
있는지 아시나요?

우리 애들에게
전화해야 해요.

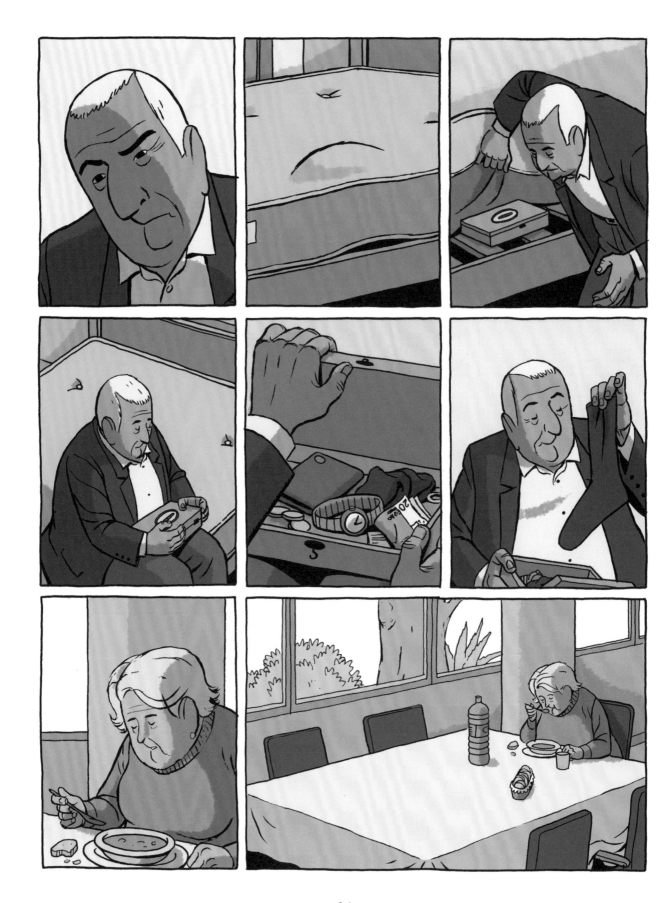

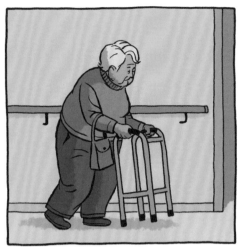

이 자리 비었나요?

네. 댁도 이스탄불에 가시나요?

네.

카르파티아산맥은 봄에 정말 아름답죠.

작가의 말

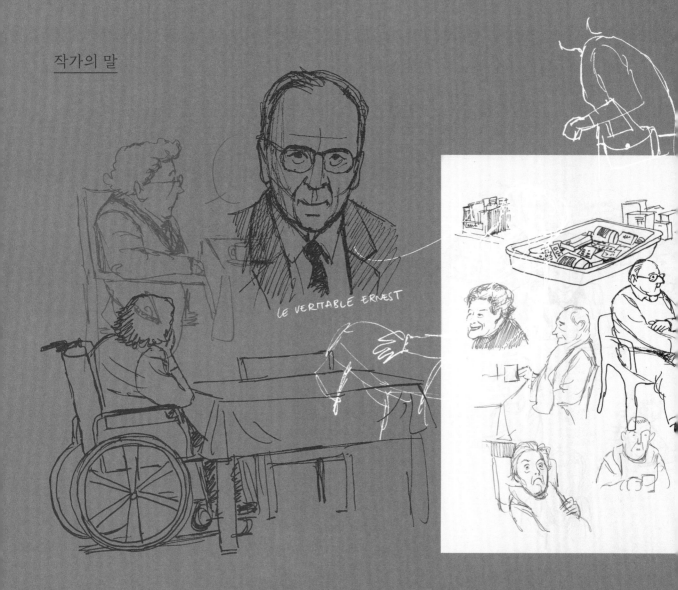

LE VERITABLE ERNEST

거울 속 당신의 모습이 아버지와 닮았다고 느껴진다면 이제 당신도 나이가 들어 간다는 뜻이겠지요. 거울 속 제 모습이 아버지를 꼭 닮아 갑니다. 또 아버지에게서 내가 아직도 기억하고 있는 할아버지의 모습이 어렴풋이 보입니다.

거역할 수 없는 세월의 흐름을 따라 내 친구들의 부모님도 이런 변화를 겪고 있습니다. 디에고의 아버지 에밀리오 씨는 알츠하이머를 앓고 있습니다. 내 친구는 아버지가 기억을 잃어 가는 과정을 씁쓸한 미소를 지으며 이야기해 주었습니다. 충분히 웃으면서 재미있게 들을 수 있는 에피소드들이었습니다. 늘 존경해 온 한 어른이 결국 그렇게 쇠퇴해 버리는 결말만 아니라면 말입니다.

그런 이유로. 그리고 또 언제나 자존심 강하던 우리 어머니가 몹시 부끄러워하면서 지팡이를 구입하는 걸 보고 난 후, 노인들에 관한 이야기를 써야겠다고 결심했습니다. 먼저 친구들의 부모님과 가족에 관한 일화를 모으는 것으로 시작했습니다. 화성인에게 납치당할까 봐 절대 혼자 있지 않으려고 하는 셀바 아주머니 이야기, 요양원으로 찾아오는 자식들에게 주려고 말도 안 되는 물건들을 모아 몰래 감춰 두는 이스마엘과 우고의 어머니 훌리아의 이야기 같은 것을요.

요양원 생활에 관해 알아보기 위해 한동안 여러 요양원을 방문하기도 했습니다. 한곳에서 20년 이상 지낸 어르신도 있더군요. 그곳에서 페이세르 씨를 알게 되었습니다. 그는 보행기에 의지해 간신히 걸으면서도 늘 지니고 다니던 신문 기사 스크랩을 자랑스럽게 보여 주었지요. 아주아주 오래전 육상대회에서 딴 메달 이야기도 들려주었고요. 마지막으로 그분을 보았을 때는 휠체어에 앉아 있었습니다. 육상 메달리스트가 휠체어라니, 인생의 역설이라고나 할까요.

노인들의 이야기를 수집하면서 이웃이던 돌로레스 아주머니를 떠올렸습니다. 아주머니는 알츠하이머에 걸린 남편의 손을 꼭 잡고 다녔죠. 아주머니는 몸집이 자그마한데 아저씨는 체격이 컸어요. 건장한 체구에 초점을 잃은 눈빛. 그런 아저씨를 아주머니는 늘 다정한 웃음과 따뜻한 미소로 돌보았습니다. 두 분이 일생을 함께해 왔다는 것을 짐작하기 어렵지 않았습니다. 어쩌면 과거 어느 순간, 절대 헤어지지 말자고 서로 맹세했는지도 모르죠.

레게 머리를 한 남자 간호사 후안호에게 감사드립니다. 그는 성심을 다해 노인들을 돌보았죠. 또 요양원에서 일어나는 많은 일에 대해 이야기해 주고 제 질문에 빠짐없이 답해 준 후안에게도 감사합니다. 의학 관련 내용을 감수해 준 R. 소토 씨, 디자인 콘셉트 잡는 것을 도와준 코게, 그리고 자신의 가족 이야기를 들려준 모든 친구에게 감사의 마음을 전합니다.